DEIAN A LOLI

A'R SÊR SY'N CYSGU

Gyda diolch i Gwenno Hywyn am blannu'r hedyn.

Yn gyflwynedig i'r artistiaid ifainc a greodd y darluniau ar wal tŷ Deian a Loli,
sef Modlen, Lili, Iwan, Enlli, Mabon Arthur, Owain, Lisa, Leia, Beca,
Analicia, Lili Mair, Aniela, Nico, Guto, Seán Gethin, Ava, Elise a Jac.

Argraffiad cyntaf: 2018

Dymuna'r cyhoeddwyr gydnabod cymorth ariannol Cyngor Llyfrau Cymru.
Diolch i Dylan Huws, Rheolwr Gyfarwyddwr Cwmni Da, a Sioned Roberts,
Comisiynydd Rhaglenni Plant S4C.

Lluniau: Nest Llwyd Owen
Logo Deian a Loli: Peris & Corr

Rhif llyfr rhyngwladol: 978 1 78461 647 2

Cyhoeddwyd ac argraffwyd yng Nghymru
gan Y Lolfa Cyf., Talybont, Ceredigion, SY24 5HE
e-bost: ylolfa@ylolfa.com
y we: www.ylolfa.com
ffôn: 01970 832304
ffacs: 01970 832782

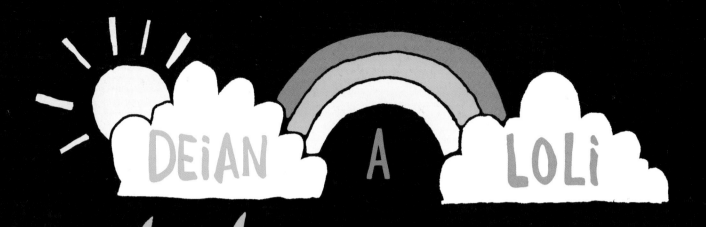

DEIAN A LOLI

A'R SÊR SY'N CYSGU

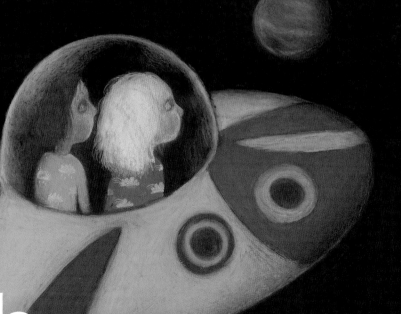

Angharad Elen a Nest Llwyd Owen

CWMNI DA · y Lolfa

Roedd hi'n noson ysgol ac yn amser gwely ers meitin byd, ond doedd Deian a Loli ddim yn gallu cysgu! Neu, a bod yn fanwl gywir, doedden nhw ddim *eisiau* cysgu.

Roedden nhw wedi cael diod poeth gan Dad, stori gan Mam,
ac wedi cyfri llond gwlad o ddefaid dychmygol. Ond ar ôl
rhifo un mil, cant chwe deg a thri, fe gawson nhw lond bol.
Am wastraff amser!

"Dwi'n llwglyd,"
meddai Loli.

"A finna," ategodd Deian. "Mae 'na lewod yn
rhuo yn fy mol i. Ac maen nhw'n mynnu 'mod
i'n rhoi brechdan jam iddyn nhw."

Felly,
mentrodd
yr efeilliaid
i lawr
y grisiau.

7

Ond er iddyn nhw droedio ar flaenau eu traed, doedd Mam a Dad fawr o dro yn eu clywed.
"Ewch yn ôl i'ch gwlâu y funud 'ma!" gorchmynnodd Dad.

Ond roedd yr efeilliaid drygionus yn
benderfynol o gael gwledd ganol nos
ac felly doedd dim amdani ond...

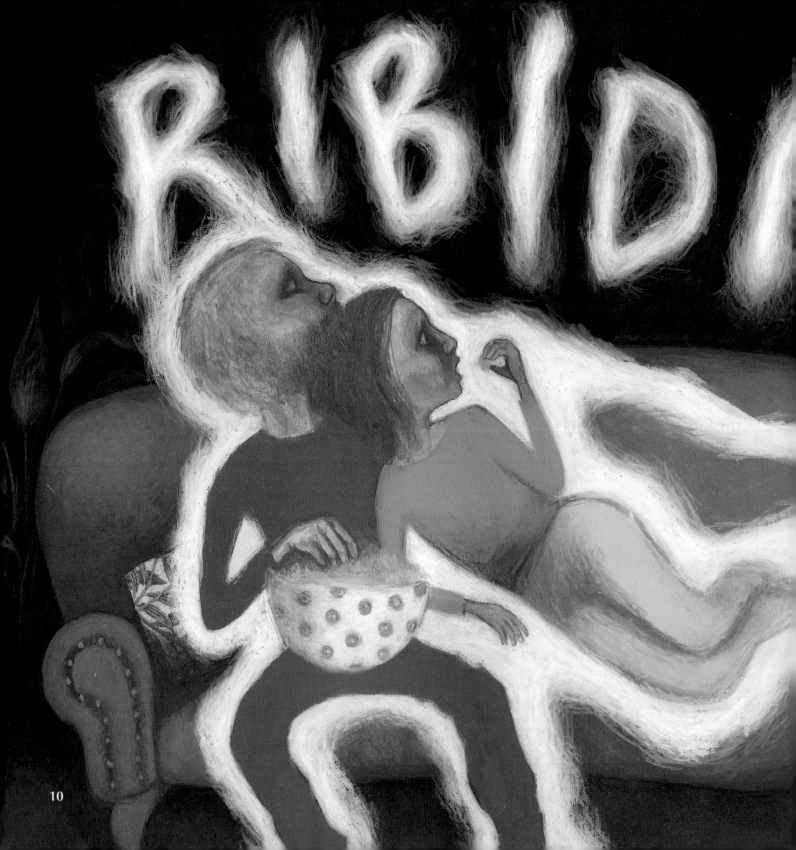

Taflodd y ddau belydrau hud tuag at eu rhieni, gan
eu rhewi i'r unfan – a hynny ar ganol pregeth ynglŷn
â phwysigrwydd cael noson dda o gwsg.
"Hy!" meddai Loli. "Hen beth diflas ydi cysgu. Ty'd!"

11

Ac i ffwrdd â'r ddau i lenwi'u boliau.
"Wyt ti'n gweld be dwi'n ei weld?"
gofynnodd Deian gan bwyntio at y ffenest.
"Dwi'n gweld dim," atebodd Loli.
"Yn union!" meddai Deian. "Mae'r sêr wedi diflannu!"
Ac yn wir i chi, roedd yr wybren yn wag.

12

"Wyt ti'n meddwl bod rhywun wedi'u dwyn nhw?" mentrodd Deian.

"Dwyn sêr?" chwarddodd Loli. "Peli enfawr o dân ydi sêr, 'sti!" Ond, er hynny, doedd ganddi ddim esboniad gwell.

Roedd yr efeilliaid yn benderfynol
o ddatrys y dirgelwch.
Yn ôl yn y llofft, daethant o hyd i
hen long ofod degan.

Rhoddodd y ddau eu bodiau ar eu trwynau, chwifio'u bysedd
ac ar amrantiad, roedden nhw'n bitw, bychan, bach.

Neidiodd yr efeilliaid i'r llong ofod,
a dyma'r ddau yn ei llywio hi allan
drwy'r ffenest agored...

... ac i fyny fry i grombil y nos.

Yn y gofod, edrychai popeth yn ddieithr.
Roedd y Ddaear fel marblen,
y lleuad fel perl, y blaned
Mawrth fel rhuddem coch ac
roedd y blaned Sadwrn fel
petai'n chwarae hwla-hŵp efo
breichled arian!

Ond doedd dim golwg
o'r sêr yn unman...

A dyna pryd y dechreuodd
pethau fynd o chwith.
Syrthiodd darn o'r llong ofod
i ffwrdd, gan ddiflannu i
ganol y düwch. Dechreuodd
y llong droi a throi mewn
cylchoedd gwyllt.

"Heeelp!" gwaeddodd Deian a Loli, ond
doedd dim clustiau i'w clywed.
Gwelsant blaned aur yn disgleirio fel pishyn
punt ac anelodd yr efeilliaid tuag ati.

Fe lanion nhw gydag AWTSH a CHLATSH!
O, na! Roedd y llong ofod yn chwildrings.
Sut yn y byd oedden nhw am ddychwelyd adref?

Ar ôl cerdded dros ddolydd a chymoedd maith,
gwelsant gastell fel candi fflos yn y pellter.

Wrth agosáu, dyna lle'r oedd cwmwl o ddynes yn gwenu'n glên.
"Madam Zêra ydw i," meddai mewn llais cryg.
Cyflwynodd yr efeilliaid eu hunain, gan ddweud hanes y sêr a'r
llongddrylliad. Chwerthin wnaeth hi.
"Wel, mae un peth yn zicr, rydych chi wedi dod i'r lle iawn.
Mi wn i bopeth zydd i'w wybod am y zêr. Dewch gyda fi."

Yn y castell, agorodd Madam Zêra gist ysblennydd ac ynddi roedd cannoedd ar filoedd o sêr! Pob un yn chwyrnu'n braf.

"Ro'n i'n meddwl mai peli enfawr o dân oedd sêr," meddai Loli'n ddryslyd.

"Lol botaz maip! Dydi trigolion y Ddaear ddim yn gwybod y cwbwl lot, wyddoch chi!"

Esboniodd Madam Zêra mai diamwntiau bach ydi'r sêr a bod disgleirio bob nos yn waith caled iawn. Felly, bob hyn a hyn, maen nhw'n cael cyntun bach, fel y gallan nhw serennu'n well fyth ar ôl deffro.

Ar hynny, dechreuodd
y sêr bach ddeffro.

Sbonciodd rhai allan ar frys, nythodd rhai yng ngwallt Loli
a dechreuodd eraill sgwrsio blith draphlith ymysg ei gilydd.
Yn raddol, llenwodd y stafell gyda mil o oleuadau bach.

"Mae'n hwyr glaz i chi fynd i'ch zafleoedd,"
cyhoeddodd Madam Zêra.
"Wihiiiiii!" gwichiodd y sêr
gwib gan ddiflannu drwy
ffenestri'r castell.

A dyna pryd y cofiodd
Deian a Loli nad oedd
ganddyn nhw ffordd i
fynd adref.

28

Ond roedd gan Madam Zêra syniad.
"Zirius, cariad, ty'd yma, 'ngwazh i,"
meddai. "Fazat ti gyztal â gwibio'r
plantoz 'ma'n ôl i'r Ddaear Laz?"
A dyna fu. Gwnaeth Deian a Loli
eu hunain yn fach er mwyn dringo
ar bigau Sirius...

29

... ac o fewn chwarter chwinciad, roedd
yr efeilliaid yn ôl yn yr ardd gefn.

Dyna beth *oedd* gwibdaith! Ar ôl gwneud eu hunain
yn fawr eto, ac edrych i'r awyr fry, gwelsant fod y sêr
i gyd yn ôl yn eu lle, ac yn gwenu'n ddisglair.
Erbyn hyn, roedd Deian a Loli wedi blino'n lân.

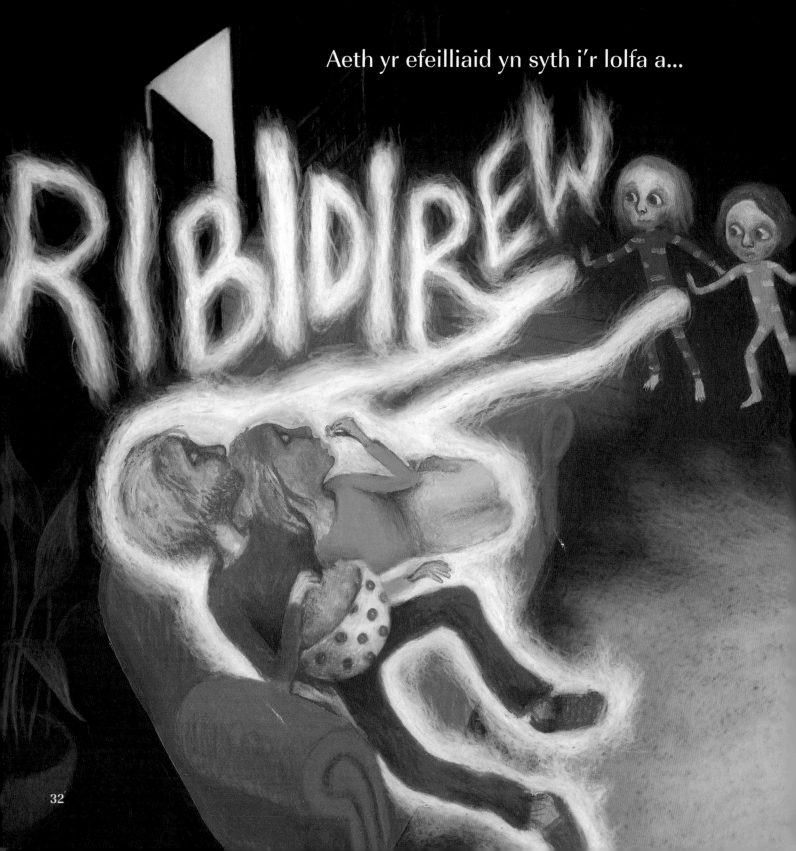

Aeth yr efeilliaid yn syth i'r lolfa a...

"O'r gorau," meddai'r efeilliaid
gan dorri ar draws dwrdio Dad.
"'Dan ni angen ein cwsg er
mwyn disgleirio'n llachar fory,
tydan?" meddai Loli,
gan ddylyfu gên.
"Yr un fath â'r sêr."

33

Wrth swatio'r ddau'n glyd yn eu gwlâu, gwelodd
Mam rywbeth yn disgleirio yng ngwallt Loli.
Diamwnt! Oddi ar ryw glip gwallt, mae'n siŵr,
tybiodd. Ond erbyn hynny, roedd Deian a Loli yn
cysgu'n drwm, felly chafodd hi erioed wybod yr ateb.
"Nos da, Deian a Loli," sibrydodd Mam a Dad, cyn
diffodd y golau a chau'r drws yn dynn.